Les Aventuriers de l'Étrange

Le mystère de la station fantôme

Texte de Bertrand Puard.
Illustrations : Franco Égalité.

Conception graphique du roman : Audrey Thierry.

Hachette Livre, 58, rue Jean-Bleuzen, 92178 Vanves Cedex.

Les Aventuriers de l'Étrange

Le mystère de la station fantôme

hachette
JEUNESSE

Iris menait une vie paisible avec son père,
jusqu'à ce qu'il disparaisse mystérieusement !
La collégienne a alors découvert
qu'il nourrissait une passion pour la traque
de phénomènes étranges... auxquels il trouvait
toujours une explication rationnelle !
Bien décidée à marcher dans les pas de son père,
Iris va se révéler une enquêtrice intrépide
et redoutable.

Neil

Neil est le meilleur ami d'Iris.
Fan de vampires, de fantômes et de maisons hantées, il est passionné par tout ce qui touche au paranormal... même s'il ne croit pas en l'existence de créatures fantastiques !
Intelligent, curieux et courageux, Neil ne craint jamais de se confronter à un nouveau mystère.

C'est le meilleur ami du père d'Iris. Propriétaire du cinéma Le Bistritz, spécialisé dans les films d'épouvante, il a recueilli la jeune fille et l'encourage à reprendre le flambeau de son père !

Le projectionniste du cinéma en est persuadé : les monstres existent réellement ! Et c'est bien la raison pour laquelle il n'hésite jamais à accompagner Neil et Iris dans leurs aventures !

Mina

La tante de Neil tient la caisse du Bistritz. Elle ne voit pas d'un très bon œil les enquêtes que son neveu mène avec Iris et préférerait que les deux adolescents consacrent plus de temps à leurs devoirs !

La femme d'entretien du Bistritz est aussi une bricoleuse de génie ! Elle est capable de mettre au point toutes sortes de gadgets, pour le plus grand bonheur de Neil et d'Iris.

Rose-Marie

CHAPITRE 1

Un matin ordinaire…

M. Aurochs, qui habitait boulevard de Sébastopol, à Paris, s'était levé ce matin-là comme le matin précédent, et comme le matin avant le matin précédent. Il s'était préparé un café au lait, avait trempé une demi-baguette de pain beurrée dedans, puis il avait filé sous la douche pour se réveiller enfin totalement.

C'est alors qu'il avait perçu les premières vibrations de son immeuble. Celles-ci s'amplifièrent tandis qu'il revêtait son costume trois-pièces.

– Tu ressens la même chose que moi, chéri ? lui avait demandé sa femme.

Il avait répondu qu'il l'aimait toujours, oui. Les vibrations n'étaient pas un sujet de préoccupation pour lui. Il en avait bien d'autres qui l'attendaient dans la banque où il travaillait. Ce jour-là, comme les autres jours, d'ailleurs. Comme toujours, en somme.

Enfin, M. Aurochs vint embrasser ses filles, qui prenaient leur petit déjeuner sous le regard attendri de leur mère. Emma et Constance embrassèrent leur père en retour, et ce baiser, au goût de chocolat au lait, le mit de bonne humeur, comme chaque matin.

M. Aurochs descendit ensuite les quatre étages de son immeuble. Il s'arrêta chez son marchand de journaux pour y acheter un exemplaire de son journal sportif préféré, puis continua sa route d'un bon pas vers la station de

Châtelet – Les Halles, où il prendrait le RER A pour rallier La Défense en une dizaine de minutes.

M. Aurochs emprunta les mêmes escaliers, franchit le même tourniquet, et descendit sur le même quai que chaque matin. Et ce manège, loin de le gêner, le rassurait même. Il monta à bord de *son* train de 7 h 31, qui arriva d'ailleurs à 7 h 31 pile, dans la septième rame, puisque c'était celle qui s'arrêtait juste en face de son escalator, à La Défense. M. Aurochs s'installa dans un coin, rajusta sa cravate de soie, puis déplia son journal pour y lire les gros titres.

Jusqu'ici, tout allait bien.

Puis tout se dérégla subitement.

Le RER prit de l'allure. Il s'engouffra dans un tunnel sombre que M. Aurochs ne reconnut absolument pas. La station suivante n'apparut jamais, pas plus que celle d'après.

Où allait donc ce train qui vibrait de toutes parts ? Il vibrait tant que des pièces se détachèrent de la rame.

Les premiers cris fusèrent. M. Aurochs voulut leur dire, à tous, de rester calme, que c'était un matin comme les autres, que rien d'extraordinaire ne pouvait se produire.

Mais le train ralentit enfin, et s'arrêta dans un violent coup de frein.

M. Aurochs colla alors son visage contre la vitre sale et poisseuse de la voiture, pour voir à quoi pouvait bien ressembler sa destination finale.

C'est précisément à cet instant qu'il hurla de terreur.

CHAPITRE 2

Le tremblement de terre

« Oh, non ! soupira Iris en son for intérieur. Encore une dissection ! »

La jeune fille échangea un regard avec Neil, qui était assis deux rangs derrière elle, presque au fond de la classe. Il pensait exactement la même chose.

On était en octobre. Trois semaines venaient de passer, depuis leur enquête à Orléans, où ils avaient résolu le mystère du frelon de sable. Pourtant, dans leur collège du 13e arrondissement de Paris, leur cours de sciences naturelles en était toujours au même point : la dissection d'un pauvre petit axolotl, un amphibien provenant du Mexique, et dont le nom signifiait « monstre d'eau » en langue aztèque. Les deux amis s'ennuyaient vraiment, et ils espéraient de toutes leurs forces être bientôt confrontés à un nouveau mystère.

Iris se trouvait à la même table que Marcus. Ce dernier, qui aimait être le premier en tout, avait déjà extrait l'amphibien de son cube pour le déposer sur la petite planche de dissection.

– Je vais compter jusqu'à trois, dit M. Gabriel, le professeur. Lorsque je dirai « trois », vous débuterez la dissection en commençant par les branchies !

Marcus se tenait prêt.

– Ça ne te dérange pas que ce soit moi qui le fasse ? demanda-t-il à Iris.

Elle ne répondit même pas.

Marcus brandit le scalpel, dont la lame miroita un bref instant sous le soleil.

– Un, deux, trois !

Marcus abaissa vivement l'instrument en direction de sa victime.

Ce fut précisément à cet instant qu'eut lieu le premier tremblement de terre. L'axolotl en profita pour sauter dans l'évier au centre de la paillasse, et le scalpel continua malencontreusement sa course dans le pouce droit de Marcus.

– Flûte ! s'emporta M. Gabriel.

Marcus se tenait la main, sous le regard horrifié de sa voisine de droite qui poussa deux petits cris très aigus et très brefs. Si le scalpel trônait sur la table, l'axolotl, lui, venait de disparaître dans les tuyauteries du collège.

– Bien fait ! lâcha Iris.

Le professeur voulut se porter au secours de son élève, mais une seconde secousse, plus violente encore que la première, ébranla le collège tout entier.

Ce fut bref, mais puissant. Une large fissure s'ouvrit sur le mur intérieur droit de la classe. Le carrelage de plusieurs paillasses se craquela, et, bien évidemment, les récipients contenant les amphibiens finirent quasiment tous à terre, ce qui accentua le mouvement de panique.

– Gardez votre calme, ce n'est rien ! cria M. Gabriel en tentant de couvrir de sa voix grave le grondement de la terre.

Un séisme de cette puissance en plein Paris, ce n'était pas commun. De mémoire de sismologue, on ne devait pas en compter plus de un tous les cent mille ans !

Il y eut une troisième réplique, minuscule celle-là, juste de quoi remettre les organes des élèves en place. Enfin, le calme revint.

– Voilà, dit doctement M. Gabriel. Ce n'était rien.

Neil et Iris ne pouvaient détacher leurs regards de la fissure qui zébrait le mur.

– Manon ! appela le professeur de biologie, qui s'était approché de Marcus pour constater l'ampleur de la blessure. Veuillez accompagner Marcus à l'infirmerie, et au galop ! Il y a deux ou trois points de suture à poser, pas de quoi casser sept branchies à un axolotl…

Marcus gémissait toujours.

– Bien… Après cet intermède, nous allons reprendre notre cours…

– C'est que nos récipients sont vides, monsieur, fit remarquer un élève du premier rang. Le tremblement de terre…

Le professeur fit les gros yeux.

– Le quoi ?

– Le tremblement de terre… reprit l'élève, tout penaud.

– Ah ! Encore heureux que mon collègue de géologie ne soit pas ici pour vous entendre… Ça ? Un tremblement de terre ? Mais c'est sans doute un cuisinier qui a fait tomber sa batterie de casseroles ! Ou bien une bousculade des troisièmes dans la cour de récréation !

Tous les regards se tournèrent vers la large fissure au mur. Celui de M. Gabriel s'y refusa.

– Un tremblement de terre ! Nous ne sommes pas Los Angeles ou à Tokyo, ici ! Nous sommes à Paris ! Connaissez-vous la probabilité des risques sismiques à Paris ? Vous mériteriez que je vous colle un devoir sur cette question très précisément ! Qu'on ne me parle plus de tremblement de terre ! Et maintenant, reprenez vos axolotls et vos scalpels !

À cet instant, on frappa trois coups brefs à la porte.

CHAPITRE 3

Un nouveau mystère

– Entrez ! gronda le professeur.

Mme Phénice, la principale du collège, fit son apparition. C'était une toute petite femme à l'air très autoritaire. Aussitôt, les élèves se levèrent. M. Gabriel, quant à lui, se mit presque au garde-à-vous. La principale leur fit signe de s'asseoir.

– Je suis venue en personne pour vous dire que tout allait bien, annonça Mme Phénice. Tout va bien, et cet incident ne présente pas la moindre conséquence pour notre établissement, vous pouvez en être certains. J'en profite pour vous rappeler que votre première

sortie scolaire aura bien lieu demain, samedi. En compagnie de M. Codicille, votre professeur d'histoire, vous rencontrerez l'architecte qui a conçu le nouvel aménagement du Forum des Halles, à Châtelet. Il vous parlera du marché des Halles, qu'on surnommait le « Ventre de Paris », du trou béant créé par sa destruction, et, enfin, des nouvelles constructions qui sont en train d'émerger de terre. Je vous conseille de vous renseigner en préambule à cet entretien afin de préparer quelques questions pertinentes. Le magnifique CDI de notre collège est à votre disposition pour cela, ne l'oubliez pas…

Gaspard, l'élève qui se tenait à côté de Neil, lui chuchota quelque chose à l'oreille.

– Plaît-il ? lança Mme Phénice sur un ton glacial. Vous avez quelque chose d'amusant à nous faire partager ?

– Je disais juste à Neil que l'architecte pourra peut-être m'aider à retrouver mon père…

La principale fronça les sourcils, interloquée.

– Comment ça, « retrouver votre père » ?

– Il est conducteur de travaux sur un chantier près des Halles, rue aux Ours justement, et avec maman on l'attend depuis lundi soir. Il n'est pas rentré. Ses ouvriers ont dit qu'il était descendu au sous-sol pour observer une des fondations de l'immeuble en construction et qu'il n'était jamais remonté à la surface.

– Mon père aussi a disparu, enchaîna Emma Aurochs d'une voix triste. Depuis lundi… Il est parti au bureau, comme d'habitude. Il a pris son RER, et puis, plus rien. Le RER n'est jamais arrivé à

La Défense. Jamais. Il a disparu à la station Châtelet – Les Halles. C'est là que Papa prenait son RER tous les matins pour se rendre à La Défense.

Iris et Neil froncèrent les sourcils. Châtelet – Les Halles. À quelques centaines de mètres seulement du chantier de la rue aux Ours. Et si ces deux disparitions étaient le début d'un second mystère à résoudre pour les deux aventuriers de l'étrange ? Ce serait tellement génial !

Mais Mme Phénice avait l'air bien moins enthousiaste.

– Qu'est-ce donc que ces sornettes de disparitions dans les sous-sols de notre magnifique ville ? piailla la principale. Un RER qui se volatilise dans un tunnel en plein Paris ? Je n'ai lu ça nulle part, et je n'ai rien entendu à ce propos ces derniers jours…

Gaspard haussa les épaules.

– Ce ne serait pas la première fois qu'on cacherait des événements importants aux gens… Comme dit souvent mon père…

– Moi aussi, j'ai des choses à dire à votre père ! le coupa Mme Phénice en tapant du pied par terre.

Elle se tourna vers le professeur de biologie.

– Monsieur Gabriel, je vous charge de convoquer le père de cet insolent au plus vite !

Le professeur approuva d'un hochement de tête.

– Et maintenant, rompez ! lança la principale en tournant les talons.

La cloche sonna. Ouf ! Cette horrible journée se terminait enfin, et, avec elle, la semaine entière, puisqu'on était vendredi.

CHAPITRE 4

L'ombre d'Hercule

Le week-end tombait à pic, et les vacances seraient bientôt là ! Iris et Neil en avaient assez de leurs journées de cours, aussi interminables que répétitives. Les deux compagnons décidèrent de rester ensemble pour le goûter et de faire en même temps leurs devoirs. Ils en seraient ainsi débarrassés pour le week-end, et pourraient profiter de leur temps libre jusqu'à lundi.

Iris et Neil s'installèrent chez Alcide, le propriétaire du cinéma Le Bistritz, spécialisé dans les films fantastiques, d'horreur et de science-fiction. L'appartement aux murs trop fins était bien souvent transpercé par les cris de terreur des acteurs. Iris y vivait depuis que son père avait disparu au cours d'une enquête consacrée à un phénomène étrange, six mois plus tôt. Depuis, la jeune fille et Neil avaient repris le flambeau.

Neil terminait un problème de géométrie lorsqu'il sentit une vibration dans sa poche.

– Tu as un téléphone portable, maintenant ? demanda Alcide, qui lisait le journal installé dans son fauteuil, sa jambe malade posée sur un tabouret devant lui.

– Oui, c'est Mina qui me l'a offert pour garder le contact avec moi. Elle s'est trop inquiétée à Orléans quand je ne donnais pas de nouvelle, alors…

Il regarda l'écran.

– Tiens, d'ailleurs, c'est elle.

Neil décrocha.

– Oui, oui, non, non, oui, Mina. Mes devoirs avec Iris. Non, ne t'inquiète pas.

Oui, je rentre pour le dîner. Non, pas de film au Bistritz ce soir. Oui. À tout', Mina !

Iris n'arrivait pas à se concentrer sur le problème. Pas à cause de Neil, mais plutôt d'Alcide, qui tournait les pages du journal avec fébrilité. Elle le sentait préoccupé. Très préoccupé même. Et vu qu'elle le connaissait très bien, elle lui demanda :

– C'est à cause des tremblements de terre que tu es inquiet ?

Alcide replia son journal et soupira.

– Oui, dit-il. Il ne manquerait plus qu'on apprenne que des personnes disparaissent dans les couloirs du métro et du RER pour que mon inquiétude monte encore d'un cran…

Neil et Iris échangèrent un regard, puis la collégienne fit part à Alcide des disparitions du père de Gaspard et de celui d'Emma. L'homme blêmit d'un seul coup. Il secoua la tête plusieurs fois.

– Alors, il a décidé de passer à l'action... chuchota-t-il.

– *Il* a décidé ? reprit Iris. C'est qui, ce « il » ?

– Oh, vous ne le connaissez pas ! Personne ne le connaît, sauf moi. Il a disparu de la circulation depuis bien longtemps. Mais ces tremblements de terre dans Paris, et ces disparitions qui ne font que commencer… C'est lui, le responsable ! J'en suis certain ! Et ce n'est, hélas, que le début...

– Mais qui « lui » ? cria Neil.

– Hercule ! C'était mon meilleur ami, autrefois. Nous étions comme les deux doigts de la main. Il tenait, lui aussi, un cinéma spécialisé dans les films fantastiques. Le Carpates, dans le 10e arrondissement. C'était il y a douze ans déjà. Nous ne nous quittions pas. Jusqu'à ce cruel jour où, ce jour où... Mais je n'arrive pas à parler de ce jour de malheur. C'est d'ailleurs ce jour-là que j'ai perdu l'usage de ma jambe... C'est aussi ce jour-là qu'Hercule a basculé du côté sombre...

Alcide regarda les deux collégiens. Son visage reflétait une grande inquiétude, ainsi qu'une grande tristesse.

– C'est la première fois que je parle de lui depuis douze ans, vous vous rendez compte ? Du jour au lendemain, Hercule a vendu son cinéma pour qu'on le

transforme en supermarché. Puis il est parti, loin. Où ? Je l'ignore. Il m'a simplement passé un dernier coup de fil pour me dire qu'il voulait, selon ses propres mots, « passer de l'autre côté de l'écran et détruire Paris ». En fait, il ne voulait plus projeter de films d'horreur, mais transformer Paris en film d'horreur. Hercule s'est retiré pour préparer de bien vilaines choses. Et j'ai bien peur qu'il se soit enfin décidé à passer à l'action…

– Tu crois qu'il est devenu une sorte de savant fou ? demanda Iris. Et que ces tremblements de terre, ces disparitions…

– Oui, il a toujours été très intelligent. Et depuis ce jour funeste, il a sombré dans la folie…

Alcide se leva péniblement, et pointa les deux collégiens du doigt.

– Iris ! Neil ! Je devine que ces événements vous donnent envie d'aller enquêter, mais il ne s'agit pas là d'un faux frelon de sable. Si Hercule se cache derrière tout ça, c'est un ennemi redoutable ! Croyez-moi, ne partez pas à l'aventure ! Évitez le métro, promenez-vous à pied et en bus... Et si possible, restez chez vous jusqu'à ce que la tempête herculéenne soit passée ! Je sais que vous êtes courageux, mais là...

À l'air très intrigué d'Iris et de Neil, Alcide comprit que les deux collégiens ne suivraient pas ses recommandations.

– Paris est un endroit dangereux, si Hercule a décidé de passer à l'action ! insista-t-il. Il a eu douze ans pour se préparer. Je vous conseille de ne pas vous en mêler. Mais si l'attrait du mystère est plus fort que tout, alors jurez-moi de demander à Rigel de vous accompagner ! Mon projectionniste vous a bien aidé lors de l'enquête sur le frelon ! Il veillera sur vous, je le sais...

– Bien aidé, bof, bof, nuança Neil. Rigel, il croyait dur comme fer au frelon. Il n'est pas comme nous, il est certain que les fantômes et les monstres existent et qu'ils nous entourent !

– Peut-être, concéda Alcide en se rasseyant, car sa jambe le faisait beaucoup souffrir. Mais il est courageux, et je sais qu'il vous protégera. Mais vous n'irez pas, n'est-ce pas, mes enfants ? Vous allez sagement rester ici ?

Alcide lut dans les regards d'Iris et de Neil qu'il se trompait.

CHAPITRE 5

Le chantier de la rue aux Ours

Iris et Neil terminèrent donc ensemble – et en vitesse –, leurs devoirs. Puis ils prétextèrent un livre à rendre à la bibliothèque pour aller voir le chantier où le père de Gaspard avait disparu.

L'automne était bien installé en ce mois d'octobre et, s'il ne bruinait pas ce soir-là, un vent glacial avait obligé les deux adolescents à s'emmitoufler dans de gros anoraks. À 18 h, il faisait nuit noire, les nuages cachaient la lune, et la lumière des réverbères était étrangement pâle. Les deux aventuriers de l'étrange marchèrent une bonne dizaine de minutes afin de rejoindre l'arrêt du bus qui les emmena rapidement vers la rue aux Ours, leur destination. C'était une rue calme, et les quelques voitures qui y passaient observaient strictement les limitations de vitesse. La présence de l'hôtel de police du 3e arrondissement de la capitale y était sans doute pour quelque chose...

Neil et Iris arpentèrent la rue dans les deux sens, une fois sur chaque trottoir, sans parvenir à trouver le moindre chantier, le moindre permis de construire, le moindre « trou » entre deux immeubles.

Le chantier avait-il complètement disparu en quelques jours ? Avait-il déjà été recouvert par un autre immeuble ?

C'était peu probable, d'autant que la rue aux Ours ne comportait pas de constructions récentes.

Alors quoi ?

Iris se décida à demander de l'aide à un vendeur de kebab qui débitait sa viande odorante en sifflant.

– Un chantier ?

L'homme se gratta la barbe.

– Oui, oui, « le » chantier, oui, ça faisait longtemps… Mais enfin, il n'y a plus rien à voir… Pourquoi ? demanda-t-il avec un air méfiant.

Iris lui expliqua que c'était pour le journal de l'école.

– Bon, vous voyez la boutique, là, qui solde des livres et des disques ?

Oui, Neil et Iris la voyaient très bien. D'ailleurs, le propriétaire était en train de ranger ses gondoles pleines de bouquins d'occasion. Il tractait avec peine un tourniquet qui contenait plusieurs dizaines de romans dont les couvertures brillaient sous l'éclat des phares des rares voitures de passage.

– À droite de sa boutique se trouve une petite porte bleue. Elle s'ouvre sur un couloir, qui mène à une grande cour pavée. Le chantier est là. Il est officiellement rue aux Ours, mais il donne aussi rue du Bourg l'Abbé, derrière.

Iris remercia le restaurateur et prit aussitôt la direction de la librairie d'occasion en compagnie de Neil. Au même instant, six policiers sortirent en courant de l'hôtel de police et sautèrent dans deux véhicules aux sirènes hurlantes.

La porte bleue s'ouvrit sans encombre. Une fois dans le couloir, Iris alluma la lumière

– Ils ont déjà enlevé la grue, fit remarquer Neil, parce qu'autrement on l'aurait vue en levant le nez depuis la rue aux Ours…

Ils déboulèrent dans la cour pavée, après être passés devant un habitant d'un des vieux immeubles qui faisait face au chantier et qui les salua d'un petit geste aimable.

Iris et Neil se trouvaient donc face au chantier de la rue aux Ours.

Enfin, chantier, il fallait le dire vite. Il n'y avait plus qu'un trou béant, parsemé çà et là de quelques bouts de tôle ondulée, de poutres d'acier, de bout de bois, de sacs de bétons et de sables…

– On pourrait presque penser à une explosion… souffla Neil.

Mais la jeune fille secoua la tête. Elle observait le trou, éclairé par les seules fenêtres des riverains aux alentours, dans les moindres détails. Une petite baraque de chantier se trouvait à l'horizontale, renversée, à quelques pas sur sa droite. L'endroit paraissait bien incongru entre les immeubles qui formaient ce pâté de maisons. On eut dit un immense bac à sable, qui n'avait pourtant rien, mais vraiment rien à voir, avec un jeu d'enfant.

– On l'aurait entendu à la ronde, ton explosion ! répliqua Iris. Non, moi ça me fait penser à une sorte de glissement de terrain. Comme si la terre avait aspiré la structure de l'immeuble, et tous les matériaux qui se trouvaient là…

Elle désigna la cabane de chantier, ce petit préfabriqué, contre lequel se trouvaient trois sacs de sable à demi éventrés.

– … puis avait recraché les quelques éléments qui ne lui étaient d'aucune utilité, termina-t-elle.

Neil approuva.

– Ça ne nous dit pas ce qui est arrivé au père de Gaspard…

Iris marcha vers le trou et s'arrêta, la pointe des pieds au-dessus du précipice. Seuls les talons de ses chaussures restaient sur la terre encore un peu ferme.

– Tu descends avec moi ? demanda la collégienne intrépide.

Neil n'hésita pas un seul instant, et ils se prirent par la main pour se rendre

au milieu du trou. Là, Iris ramassa une motte de terre. Celle-ci s'effrita au premier contact.

– Bizarre, déclara-t-elle.

– Je me demande bien ce qu'on va pouvoir trouver ici, dit Neil.

Le jeune garçon semblait de plus en plus dubitatif sur l'objet et le sens de leur visite.

C'est alors qu'un vif courant d'air froid, venant de la terre, leur gifla le visage. Neil sentit un mouvement à ses pieds, sur sa droite, et fit un bond sur le côté.

– Là ! s'écria Iris en désignant un point sur le sol.

Son compagnon dégaina aussitôt son nouveau téléphone portable et actionna la fonction « lampe de poche ».

Ils virent alors une main humaine émerger d'un petit tas de gravats situé à proximité. Une main sale, aux phalanges crochues recouvertes de poils hirsutes, et dont les ongles sanguinolents avaient tous été arrachés.

– Un zombie ! hurla aussitôt Neil.

La main gratta le sol à droite, à gauche, devant, derrière… Une chevelure touffue affleura à la surface. Il s'agissait d'une femme.

Sa tête émergea enfin, et elle poussa un hurlement qui aurait effrayé jusqu'au gardien des Enfers !

CHAPITRE 6

Des zombies dans la ville !

Tétanisés, Neil et Iris regardaient ce corps tout entier sortir de terre. C'était une femme, oui, une femme dont la jupe et le chemisier étaient déchirés, lacérés. On ne distinguait sa peau qu'à de très rares endroits, là où la terre, qui formait comme une croûte sur son visage, ses jambes et ses bras, s'était détachée.

La femme s'agenouilla sur le sol, hagarde. Elle respirait fort. Une poussière dense sortait de ses narines.

– Vite, partons ! s'exclama Neil qui tremblait de peur.

Mais Iris le retint par la manche de son anorak.

– Cette femme n'est pas un zombie comme tu dis. Elle n'est pas morte, elle respire.

La collégienne s'empara du téléphone de Neil, éteignit la lampe pour ne pas effrayer l'inconnue, et fit un pas vers elle. Alors, la femme releva la tête vers les deux adolescents et tendit les mains vers eux.

– Aidez-moi, murmura-t-elle. Je ne sais pas ce qui m'est arrivé... Aidez-moi !

Elle se leva maladroitement, et, une fois en équilibre précaire ses genoux, elle tapa trois coups brefs sur le sol avec son pied droit.

Des mains apparurent alors un peu partout dans le trou, transperçant la terre, telles des plantes qu'un engrais miracle aurait fait éclore en accéléré. Il y en eut dix, puis cinquante, puis cent peut-être. Neil et Iris cessèrent de les

compter lorsqu'une main noire comme du charbon s'empara du mollet d'Iris pour s'y accrocher avec force.

– Allons-nous-en ! hurla la jeune fille en secouant la jambe pour se défaire de l'emprise.

Neil et elle gravirent la pente à toute vitesse, ce qui ne se révéla pas être une bonne idée car leurs pieds s'enfonçaient dans la terre meuble. Ils tombèrent tous deux à la renverse. La bouche de Neil se remplit de terre, alors qu'une main agrippait sa tignasse. Iris ne put retenir un cri lorsqu'un homme au visage maculé de terre se pencha au-dessus d'elle et lui sourit.

Des fenêtres s'allumèrent dans les étages des immeubles alentour. On ouvrit quelques volets et, tandis que les deux collégiens, de nouveau sur leurs pieds, escaladaient la butte par une pente plus praticable, des voisins se mirent à hurler à leur tour en découvrant cette armée d'hommes et de femmes à l'allure effrayante, qui surgissaient de terre.

– Viens ! Par-là ! commanda Neil qui était parvenu dans la cour intérieure en premier.

Sentir les pavés sous ses pieds lui donna du courage. Il était tout à coup beaucoup plus lucide. Trois hommes un peu moins fatigués que les autres, mais tout aussi sales, s'étaient eux aussi hissés hors du trou et s'engouffraient déjà dans le couloir menant vers la rue aux Ours.

Iris prit son ami par la main, et ils coururent à l'opposé, vers la sortie rue du Bourg l'Abbé.

Neil la guida vers une porte cochère qui était restée entrouverte. Ils sortirent, alors qu'une vingtaine de créatures semblaient déjà sur leurs talons. Ils tournèrent à gauche. Derrière eux, plusieurs hurlements de terreur, du plus grave au plus aigu, se firent entendre. Les collégiens n'avaient plus qu'une seule idée en tête : fuir et retourner au cinéma. Ne pas chercher à parlementer ou à comprendre. Iris n'était plus vraiment sûre que ces « gens » n'étaient pas des zombies. Après tout, ce n'est pas parce que les zombies ne respiraient pas dans les romans qu'elle avait lus et dans les films qu'elle avait vus, qu'il en était de même dans la vraie vie.

La cinquantaine de créatures qui les avait suivis par la rue du Bourg l'Abbé tournèrent au sud, en direction de la Seine, pour rejoindre leurs acolytes. Iris et Neil, hors de danger, s'arrêtèrent devant la vitrine d'un coiffeur pour reprendre leur souffle. Ils assistèrent alors à un spectacle hallucinant. Le groupe de créatures s'était arrêté devant la devanture mauve d'une pâtisserie tunisienne. Tous avaient les yeux exorbités devant les gâteaux dégoulinants de sucre, de pâte d'amandes, et recouverts de pistaches et autres noix.

– J'ai faim ! hurla une femme, à s'en détacher la glotte.

Une clameur monta dans le groupe, et un homme très musclé arracha à mains nues l'antivol d'un vélo qui avait le malheur de stationner là. Il envoya alors la bicyclette dans la vitrine de la pâtisserie. Une alarme stridente se déclencha aussitôt, mais cela n'empêcha pas la horde de créatures d'enjamber le verre encore coupant et de se jeter sur les piles de gâteaux tunisiens. Neil vit une femme empiler huit cornes de gazelle les unes sur les autres pour les ingurgiter en une seule bouchée. D'autres se servaient à

même les étals, soulevant les cloches où se trouvaient les pâtisseries, pour les gober en une fraction de seconde.

– Ils vont se rendre malades, balbutia Neil.

– Je crois qu'ils le sont déjà, soupira son amie.

Des sirènes de police retentirent dans leur direction. L'hôtel de police du troisième arrondissement n'aurait certainement pas assez de fourgons pour y entasser toutes les créatures. Les policiers allaient être submergés, contraints de demander des renforts !

Mais c'était, à cet instant, le cadet des soucis de Neil et d'Iris.

Il était grand temps de mettre les voiles.

CHAPITRE 7

La sortie scolaire

Il faisait toujours aussi froid, et le vent soufflait sur cette plaine déserte encore en construction. L'endroit était gris, puisqu'il n'y avait plus d'arbre, plus de feuille, plus aucun végétal. Les rayons de soleil, qui devaient réchauffer les corps et les cœurs, ne parvenaient pas jusqu'ici. L'astre ne s'était pas encore hissé assez haut dans le ciel. Ou bien ce froid était-il dû à ce que les deux aventuriers de l'étrange avaient vu, la veille au soir, sur le chantier de la rue aux Ours ? Toujours est-il qu'Iris et Neil n'avaient pas bien dormi. Alcide et Mina avaient dû les tirer du lit pour qu'ils se rendent à cette première sortie scolaire de l'année. Sur le trajet du Forum des Halles, les deux collégiens s'étaient à nouveau demandé s'ils n'avaient pas rêvé, s'ils s'agissaient de zombies ou bien d'hommes et de femmes ordinaires. Et puis, ils avaient trouvé étrange qu'aucun article sur Internet ne mentionne cette meute qui avait dévalisé la pâtisserie tunisienne.

– Il faut tenter de vous plonger en arrière dans l'histoire, de remonter le temps !

Anselm Von Richtenroy était l'architecte responsable du projet de reconstruction du Forum des Halles. Il aimait parler de son travail. Même à une délégation d'une centaine de collégiens, un samedi matin, à dix heures et quelques. Anselm aimait être au centre de l'attention et des conversations. Au centre de tout, en somme.

Originaire des Pays-Bas, l'homme parlait français sans la moindre trace d'accent et faisait de grands moulinets avec les bras pour démontrer par le geste que son projet s'annonçait résolument pharaonique.

– C'était le Ventre de Paris, ici ! Les Halles ! Un marché gigantesque décidé par Napoléon III, extraordinaire, gargantuesque, pantagruélique, où tout Paris venait s'approvisionner. Douze bâtiments de fer, de fonte et de verre pour accueillir les bestiaux, les primeurs, les fromagers ! Pendant cent ans, les Halles ont fait figure d'estomac de la capitale, et puis l'État a décidé de les détruire pour les installer en banlieue, à Rungis ! *Zwiiif* !

L'architecte lança sa main droite au hasard, vers l'inconnu, vers l'ailleurs...

– Les Halles ne furent plus qu'un trou mal famé ! reprit-il. Un *no man's land* dans lequel on tourna même plusieurs westerns ! Puis on y a installé des jardins, un centre commercial, un grand cinéma… De petites choses sans âme, sans vision ! Mais moi, j'ai proposé l'improposable, et c'est ce qui a plu à ce cher Monsieur Horos, le maire de Paris…

Alors, l'architecte se lança dans l'explication de ses travaux : la reconstitution de douze bâtiments, non à l'identique de ceux dessinés par son illustre prédécesseur Victor Baltard, au temps de Napoléon III, mais avec des formes contemporaines, des structures de verre et d'acier minimalistes qui se fondraient parfaitement dans leur environnement.

– Et au milieu, un jardin circulaire immense où les enfants pourront respirer !

Il eut un sourire béat.

– Comme vous le voyez, mes petits, le quartier va s'en trouver transformé. Transfiguré, même ! Et tout cela grâce à moi !

Personne n'osa poser de question à cet instant de l'entretien. Aussi, l'architecte décida-t-il d'emmener les enfants dans la station de RER de Châtelet – Les Halles qu'il devait aussi rénover.

Anselm Von Richtenroy laissa passer tous les collégiens avant de descendre à son tour le grand escalator du Forum.

– Ce n'est pas concevable de proposer aux Parisiens une telle laideur dès le réveil, expliqua-t-il. Quitter votre appartement et vous retrouver dans cet endroit sale, surchauffé et puant, ah, ça non ! Avec Arthur Renzo, le responsable des transports parisiens, nous avons dessiné une toute nouvelle station où prendre le RER D pour Creil sera tout aussi exaltant que prendre un Airbus A380 pour se rendre à Singapour !

Cette dernière phrase fit sourire Iris.

– En fait, cette visite tombe plutôt bien, dit-elle à Neil. Elle va nous permettre de visiter la fameuse station où a disparu le père d'Emma... Je sais bien que les grands travaux n'ont pas encore commencé mais, si ça se trouve, les disparitions des trains sont liées à ce nouveau projet.

Neil approuva. Alcide leur avait défendu de se rendre dans les sous-sols de Paris, mais ils comptaient bien résoudre ce mystère, comme ils avaient résolu celui du frelon de sable ! Cette fois, en plus, ils agissaient en terrain connu : Paris, leur ville.

Anselm Van Richtenroy entra dans la station de RER par un portique ouvert à son intention, la tête haute. Un roi ne serait pas entré avec plus d'autorité dans son propre palais. Il emmena les élèves du collège de la Mandragore sur les quais centraux de l'immense station où s'enche-

vêtraient trois lignes de RER et quatre lignes de métro. Il s'agissait des quais de la ligne D. La station était très sale. La faïence blanche qui recouvrait les murs n'était plus blanche depuis des lustres, et des gouttes d'eau couleur rouille coulaient depuis plusieurs endroits du plafond. Il régnait une chaleur poisseuse, chargée elle-même de crasse. Une odeur de soufre, comme une odeur d'œuf à moitié pourri, flottait dans l'air.

– Voilà ! dit-il. Trois lignes de RER en enfilade. A, B et D. De quoi parcourir toute l'Île-de-France de la Vallée de Chevreuse à Saint-Germain-en-Laye ! De l'aéroport de Roissy au parc de Disneyland ! Eh bien, cette répartition à l'horizontale, en compartiment, ne sera bientôt plus qu'un mauvais souvenir… Les marées humaines des heures de pointe, où un quai bondé contamine systématiquement l'autre, je vais les faire refluer !

L'architecte leva un index vers le ciel – ou plutôt vers le plafond.

– Nous allons installer les lignes les unes en dessous des autres, ce qui nous permettra d'élargir les quais, d'installer dix fois plus de places assises, ainsi que des commerces et de la restauration rapide. Nous allons faire de la station Châtelet – Les Halles un lieu de vie !

Son regard s'assombrit aussitôt.

– Et c'est bien dommage que mon complice Renzo ne soit pas ici en ma compagnie pour vous en dire plus sur les aspects techniques de ces changements. Car, en tant que futurs scientifiques, c'est aussi cela qui vous passionne, j'en suis certain…

À cet instant, des bruits étranges firent sursauter l'architecte, ainsi que la moitié des élèves du collège qui les entendirent.

Des bruits humains.

Des bruits de pas.

Une cavalcade !

C'est alors qu'ils surgirent par centaines. Neil et Iris les reconnurent immédiatement ! C'étaient les mêmes qu'hier sur le chantier de la rue aux Ours ! Les zombies du RER, toujours aussi sales, hirsutes, sanguinolents et couverts de terre !

En dix secondes à peine, la station souterraine fut en proie à un désordre indescriptible. Tout le monde voulait regagner l'air libre, et les créatures

surgies du tunnel plus encore que les collégiens. Ils poussaient à tout va, hurlaient. Certains mordaient même !

Neil et Iris avaient eu le réflexe de se donner la main et de ne surtout pas utiliser les escalators de la station.

Ils traversèrent le centre commercial, évitant le grand escalator surchargé, qui, sous le poids des usagers, s'était même arrêté et commençait à osciller dangereusement.

– Viens ! souffla Neil. Je sais par où passer !

Les deux amis étaient en nage, avides de retrouver l'air pur et la lumière du jour.

Neil conduisit Iris jusqu'à un escalator peu emprunté, un peu plus loin. Iris et Neil grimpèrent les marches deux à deux, guidés par ce carré bleu et blanc qui n'était rien d'autre que le ciel. Dans leur course, ils déstabilisèrent un homme à l'arrêt, qui portait une vieille

casquette et un jean trois fois trop grand pour ses maigres jambes.

– Par les deux terribles canines de *Dracula*, tonna l'homme en se rattrapant *in extremis* à la rampe mouvante, les jeunes d'aujourd'hui ne valent pas tripette !

Iris et Neil reconnurent immédiatement la voix de l'homme. Ils se retournèrent et lui sourirent.

Rigel ! Le projectionniste du Bistritz tombait à pic !

CHAPITRE 8

Le mystère s'épaissit...

Les trois acolytes s'installèrent à la table d'un café, situé à proximité du Forum. Rigel commanda un noisette, et les deux collégiens, un chocolat chaud pour chacun.

– C'est Monsieur Alcide qui m'a dit de venir vous retrouver ici, précisa le projectionniste du Bistritz. Alors ? On partait enquêter sans Tonton Rigel ?

Neil et Iris lui racontèrent leurs aventures de la veille et du matin. Ils assistèrent d'ailleurs à la suite des événements en direct, à grand renfort de sirènes de police, de pompier et d'ambulance.

C'était bien la cohue autour du Forum des Halles, où une foule dense était agglutinée.

Rigel acquiesça, puis tira un journal plié en quatre de la poche intérieure de son anorak. Il le secoua comme s'il voulait s'en débarrasser.

– Ce n'est pas tout ! Lisez ! Lisez ce que j'ai lu en venant vous retrouver ! Six rames de RER A entières portées disparues, ainsi que tous leurs passagers, bien sûr ! Toutes volatilisées au départ de Châtelet – Les Halles en direction de La Défense ! Les journalistes ne disaient rien pour ne pas semer la panique parmi la population, mais maintenant que les passagers ressortent de terre… Bon, sous la forme de mort-vivants, mais ils ressortent quand même !

Iris secoua la tête en trempant ses lèvres dans le chocolat brûlant.

– Mais non, Rigel ! Nous en avons croisé hier soir… Ce sont des êtres bien vivants. Ils respiraient, nous en sommes sûrs !

Le projectionniste soupira.

– C'est votre point de vue. Moi, je vous dis qu'il s'agit là de zombies ! Et je compte bien me lancer, moi aussi, dans la résolution de ce mystère. Après le frelon, les RER qui disparaissent… on ne va pas s'arrêter en si bon chemin ! Je vous sens chauds comme la braise, les petits !

Neil et Iris échangèrent un sourire.

À présent, c'était certain : ils allaient continuer leur enquête. Ce serait là leur mystère d'octobre à résoudre !

– Bon, continua Rigel, d'après ce que j'ai lu, les RER sont tous composés de huit voitures. Ça fait quand même huit fois six… quarante-huit voitures à dissimuler ! Mais où ? Où les stocker ? Ah, ah ! Mystère, mystère !

Rigel, au comble de l'excitation, termina son café. Neil, de son côté, venait de conclure la lecture de l'article.

– Tiens, tiens ! dit-il. Il y a la liste des passagers retrouvés ici, et je ne vois ni le nom de M. Aurochs, le père d'Emma, ni celui du père de Gaspard. Le journaliste ne l'écrit pas noir sur blanc, mais en lisant entre les lignes, on comprend tout de même que deux cents passagers environ ne sont toujours pas remontés à la surface…

– Et tu ne vas pas me dire que la police et la RATP n'ont pas lancé des recherches dans le réseau de tunnels…

– Si, précisa Neil. Ils ont exploré tous les tunnels du RER A dans Paris et ailleurs, ils ont visionné les bandes de vidéo-surveillance, mais ils n'ont rien trouvé. C'est comme si les RER s'étaient volatilisés en pleine voie, à la sortie de la station Châtelet – Les Halles, en direction de La Défense.

– Eh bien, ce que la police a été incapable de découvrir, nous, nous le découvrirons, déclara le projectionniste en donnant un grand coup de poing sur la table.

Les tasses tremblèrent un instant. Rigel était décidé. Il parlait déjà d'embarquer à bord d'un maximum de trains et de croiser les doigts pour tomber sur l'un des prochains RER à disparaître.

– Serez-vous de la partie, les amis ? Parés pour aller localiser la station fantôme ?

Iris et Neil acquiescèrent.

– Alors, donnons-nous rendez-vous chez moi dans l'après-midi. Je dois filer pour monter la première bobine !

À cet instant, une fois encore, la terre trembla avec force sous leurs pieds.

CHAPITRE 9

Le plan de Rigel

Iris, Neil et Rigel s'étaient retrouvés peu après le goûter, chez le projectionniste. Leur hôte les invita dans une pièce à l'écart. En son centre s'étalait une maquette de Paris, en relief, reprenant la plupart des grands axes et les principaux monuments. La gigantesque armoire en bois vernis qui contenait, selon Rigel, le parfait attirail du chasseur de monstres en tout genre, était appuyée contre le mur, en face de la maquette.

– Venez par-là, mes enfants ! lança Rigel en dépliant une carte de la capitale annotée par ses soins. J'ai effectué

un gros travail de compilation, cet après-midi, entre deux bobines… Vous allez voir : c'est incroyable…

Neil et Iris se penchèrent sur le plan, sur lequel Rigel avait griffonné seize croix rouges disséminées dans Paris, depuis le bois de Boulogne jusqu'au bois de Vincennes.

– Je suppose que tu n'as pas marqué ces endroits au hasard, commenta Neil.

Rigel haussa les épaules.

– Bien sûr que non ! Il s'agit de tous les endroits où la terre a tremblé que j'ai pu recenser dans notre belle citée ! Monsieur Alcide m'a aidé à concevoir cette carte, elle est donc parfaitement exacte.

Iris posa un index sur une croix située au nord-est de la ville.

– Belleville ? demanda-t-elle. Il y a eu un petit tremblement de terre à Belleville ?

Rigel approuva.

– Et dans le 16e arrondissement ? interrogea Neil.

– Oui, puisque l'endroit figure sur la carte ! Écoutez, je ne vais pas vous détailler chaque emplacement… Ce que je peux faire, par contre, c'est relier entre elles les croix selon cinq lignes droites.

C'est ce qu'il fit, reliant la croix du 16e arrondissement avec celle près de Denfert-Rochereau, celle du bois de Boulogne avec celle du cimetière du Montparnasse, puis le chantier de la rue aux Ours avec celle de la place Monge, Belleville avec la place d'Italie.

Le résultat était sans appel.

Neil et Iris n'en furent même pas plus étonnés que cela.

Toutes les lignes droites convergeaient en un seul et unique point. Tout près de la station de Châtelet – Les Halles. Les lignes se croisaient sur le chantier de la rue aux Ours ! Là où le père de Gaspard avait disparu…

– Et voilà le travail ! s'écria Rigel. Je ne sais pas encore quel lien peut être fait entre la disparition des RER et de leurs passagers, les tremblements de terre, et le chantier, mais ce schéma nous montre bien que tout est lié !

– Ce que nous supposions depuis le début ! s'enthousiasma Neil.

Iris, elle, réfléchissait à haute voix :

– Un réseau ferré souterrain, avec une ou plusieurs stations fantômes dans lesquelles seraient stockés les RER... Ce serait une possibilité...

– Ton hypothèse tient la route, répliqua Rigel en claquant des doigts. Bien sûr, pour les esprits cartésiens, cette solution ne pourrait être la bonne, car il semble impossible de creuser tout un réseau souterrain sans que personne ne s'en aperçoive...

Neil approuva :

– Les travaux de réalisation de ce nouveau réseau pourraient expliquer les nombreuses secousses ! Mais que fais-tu des deux cents passagers qui ne sont toujours pas remontés à la surface ?

– À ce propos… Vous savez ce que m'a appris Alcide à leur sujet ? demanda Rigel. Il l'a vérifié par lui-même en effectuant des recherches ce matin, et figurez-vous que tous les disparus ont fait au moins cinq années d'études après le bac ! Pas une de moins. Tous les zombies qui sont sortis de terre ont fait moins de cinq années d'études !

– Curieux… nota Iris, pensive. Et Alcide sait pourquoi ?

– Pas encore, mais on le saura bientôt ! répondit Rigel. Quant à moi, j'ai ma petite idée sur la question de la construction même des tunnels.

Il sortit de sa poche une feuille de papier qu'il déplia aussitôt. Iris et Neil y découvrirent un dessin réalisé par le projectionniste, qui semblait représenter un gros ver de terre recouvert de poils gris, et dont la gueule monstrueuse était équipée de plusieurs rangées de dents acérées.

– C'est un ver géant des mines, capable de s'enfoncer dans la terre aussi facilement qu'un couteau dans une motte de beurre ramollie ! Personne n'en a encore jamais vu, mais la rumeur dit qu'on peut en trouver autour du pays de Galles, en Sibérie, et dans la région du New Brunswick, au Canada. Ce sont ces créatures qui ont creusé les galeries et la station fantôme ! J'en mets ma main à couper !

Devant l'air un peu moqueur de ses compagnons, Rigel rangea la feuille dans sa poche, contrarié.

– Ouais, bon, si ce n'est pas un ver géant, ça peut aussi être quelques araignées gigantesques, des taupes mutantes ou bien même des dragons ! Qui sait ?

– Ou des Kobolds ? renchérit Iris avec un sourire.

Rigel secoua la tête.

– Non, je n'y crois pas. Ces gnomes allemands sont certes très bons travailleurs et habitués aux mines, mais je penche plutôt vers une intervention « animale » pour ce travail de titan...

Rigel leur laissa quelques minutes pour digérer toutes ces informations.

– Je sais que vous allez me dire que ces créatures n'existent pas, qu'il faut être plus rationnel, c'est votre mot, mais vous pouvez bien dire ce que vous voulez... Alors, toujours partants ? demanda-t-il.

– Plus que jamais ! répondirent en chœur les collégiens.

– Bien, il va donc falloir nous équiper. C'est l'heure pour moi d'ouvrir mon armoire… Celui d'entre nous qui montera à bord du RER détourné ne connaîtra pas le moindre répit, j'en suis persuadé. Aussi, voilà ce à quoi j'ai pensé…

Le projectionniste sortit trois sacs à dos kaki parfaitement identiques. Il en donna un à Iris, en tendit un à Neil et garda le dernier pour lui.

Les deux adolescents détaillèrent aussitôt leur contenu.

– Tout d'abord une lampe-frontale complètement chargée, et une boussole pour se repérer dans les tunnels. Le b.a.-ba du parfait explorateur, expliqua Rigel. Un couteau à cran d'arrêt, aussi, faites très attention, je les ai aiguisés en rentrant ce matin. Ce n'est pas cette arme qui effraiera un ver géant, mais enfin, on n'est jamais trop prudent. Pour les bêtes, on peut essayer le feu. Pas la place de glisser un lance-flammes dans le sac à dos, et puis, je n'en ai pas. Je vous ai mis un petit chalumeau de poche. Faites attention là aussi à la réserve de gaz. Bon, divers autres objets, vous verrez, et puis ceci…

Il prit en main une petite boîte en polystyrène et en sortit une capsule de verre contenant un liquide transparent.

– De l'acide chlorhydrique hyper concentré, précisa Rigel, l'air sombre.

Iris et Neil échangèrent un regard quelque peu angoissé.

– Mieux vaut la conserver dans la boîte pour éviter les chocs, évidemment…

Il ferma son œil gauche et porta la capsule devant son œil droit, la tenant près de l'ampoule du plafonnier.

– Il n'y a pas mieux pour s'évader que cet acide, croyez-moi. Le seul et unique passe-partout pour les chaînes et les menottes. « L'universel » ! Une goutte suffit à dissoudre le métal le plus solide.

Il remit la capsule dans son étui et la replaça dans son sac à dos.

– Il n'est pas question que l'on se retrouve à un quelconque moment prisonniers de ces monstres !

Sur cette dernière phrase, Rigel invita les deux collégiens à regagner le salon et à prendre place autour de la table.

– Il ne nous reste plus qu'à nous répartir les RER pour demain matin, dit-il. Je propose de monter dans le même train que celui pris par le père de votre amie, Emma. Il n'est toujours pas revenu, lui, d'ailleurs.

– Normal ! s'exclama Neil. Il travaillait dans une banque à La Défense, il avait forcément plus que bac + 5 !

– Arf ! Si tu dis ça, c'est que tu connais bien mal le monde des affaires. Travailler dans une banque n'est pas gage d'une solide intelligence ! pesta Rigel. Et moi, tu crois que j'ai mon bac ou pas ?

– Pas sûr… hésita le jeune garçon.

– Et si je te dis que j'ai non seulement mon bac, mais que je suis aussi normalien, agrégé de japonais et diplômé de l'Institut des hautes études cinématographiques en section réalisation et montage, tu me crois ?

– Moi, je te crois, répondit Iris.

– Bon, trêve de plaisanterie ! Je prendrai donc le train de 7 h 31. Il s'appelle TYPO. Toi, Iris, tu pourras prendre celui d'avant.

Il passa le doigt sur la fiche horaire imprimée de la ligne A du RER.

– Le ZOLI de 7h29. Ou le XTAZ de 7h25. Tu préfères lequel ?

– Le ZOLI.

– Parfait. Et toi, Neil, que dirais-tu de prendre celui d'après ? Le XTAZ de 7h34 ou bien le UMID de 7h36.

– Va pour le XTAZ, trancha Neil. J'aurai certainement moins de chance de prendre l'eau qu'avec le UMID…

Rigel rit de bon cœur.

– Tu as raison, ce sont de vrais poètes, à la RATP, quand il s'agit de nommer leurs trains… Il va être l'heure pour vous de regagner vos pénates. Je ne saurai trop vous conseiller de vous coucher de bonne heure car, demain, nous attaquons aux aurores !

Les deux collégiens se levèrent en même temps. C'est alors que Neil remarqua quelque chose d'étrange à travers l'unique fenêtre du salon. Un reflet derrière la vitre. Il fit un pas en avant pour voir de quoi il s'agissait, et aperçu quelque chose collé au carreau, une sorte de tête flasque, au centre de laquelle flottait un œil unique, juste au-dessus d'un nez enfoncé. Qu'était-ce donc que cette vision de cauchemar ?

– Là ! cria Neil en désignant la fenêtre.

Rigel se retourna aussitôt et vit la créature s'accrocher aux ferronneries pour regagner la rue.

– Un cyclope nain ! hurla-t-il. Nous sommes épiés !

Il courut vers la porte de son appartement, attrapa au passage un pieu de bois acéré qu'il gardait dans son porte-parapluies et se rua dans le couloir.

– Suivez-moi ! Attrapons la bête !

CHAPITRE 10

La diversion

La créature s'engouffra dans les arbres touffus du passage tandis que Rigel, Neil et Iris sortaient en courant de l'immeuble. Ils suivirent la piste laissée par le mouvement des branches.

– Cette fripouille ne veut pas se montrer ! pesta Rigel, le pieu à la main. Descends si tu l'oses…

Mais le « cyclope » n'osa bien évidemment pas, et ce fut Iris qui, la première, le vit descendre d'un arbre, puis tourner à l'angle d'une rue avant de se diriger vers un grand boulevard.

– Il cherche à atteindre la station de métro, comprit Neil, déjà essoufflé.

Iris, qui était celle qui courait le plus vite, rattrapa presque la créature qui détalait sur ses toutes petites jambes en ahanant. Arrivée sur le boulevard, elle remonta dans les arbres bordant la rue adjacente, s'accrocha à plusieurs pots de géranium en hauteur pour continuer son avancée, puis sauta enfin à terre, tout près de la station de métro. Elle s'y engouffra, et disparu.

– Je vais lui sauter dessus ! hurla Rigel, dont le visage était devenu aussi rouge que la purée de haricot qu'il affectionnait tant.

Mais il n'y parvint pas. Le « cyclope » s'était évaporé dans la foule.

– On a perdu sa trace ! se lamenta Rigel. Il va nous vendre à son maître ! Il va tout lui raconter !

Neil entendit les coups de sifflet d'un policier.

– Monsieur, dit-il à Rigel, je vais vous demander de circuler... Vous bloquez l'entrée du métro.

Rigel s'avança, le pieu acéré toujours à la main.

– Doucement, Monsieur ! commanda le policier, en posant sa main droite sur le pistolet qu'il portait à la ceinture. Mais c'est une arme que vous portez là... Que faites-vous ici, Monsieur ?

– Je chasse le cyclope, répondit le projectionniste.

– Le cyclope, voyez-vous ça ! Et avec un bâton pointu ? Je croyais que c'était plutôt les vampires qui…

– Vous n'avez jamais entendu parler d'Ulysse ! Un pieu planté dans l'œil, oui, Monsieur, c'est la seule et unique façon de faire entendre raison à un cyclope ! Relisez vos classiques ou passez votre chemin !

Le policier tourna le dos à Rigel pour actionner son talkie-walkie.

– Unité 7 à Centrale, souffla-t-il. Pas de dingue échappé de l'hôpital Saint-Anne cet après-midi ?

– Négatif ! répondit la voix. Pourquoi, un problème ?

– Non, trois fois rien. Un type qui poursuit un cyclope un pieu à la main.

– Dis-lui de bien ouvrir l'œil la prochaine fois, et le bon ! Terminé.

Le policier dispersa le petit attroupement qui s'était constitué autour d'eux et ordonna aux trois aventuriers de déguerpir au plus vite. Iris, Neil et Rigel retournèrent alors vers le Bistritz.

– Tu es certain que le type n'avait qu'un œil au centre du visage ? demanda Iris à Neil.

– Je l'ai vu, moi ! cria Rigel qui s'en voulait atrocement de l'avoir laissé fuir.

– C'était une illusion d'optique à travers la vitre, devina Neil en haussant les épaules.

Quoi qu'il en soit, rendez-vous était pris pour le lendemain matin.

L'homme était entré dans l'appartement de Rigel aussitôt après que ce dernier l'eut quitté en compagnie des deux gamins. Son plan avait parfaitement fonctionné. Il était allé vers la table du salon et avait jeté un coup d'œil distrait au contenu d'un sac à dos kaki qui se trouvait posé sur une des chaises.

En découvrant le petit chalumeau, il eut un ricanement sourd. Puis il avait promené son regard sur la table et y avait découvert les fiches horaires du RER A. Trois trains étaient entourés au feutre rouge. Et, à côté de chacun de ces cercles, Rigel avait inscrit un nom distinct.

L'homme avait noté l'heure et le nom du train qui l'intéressait dans un petit carnet qu'il avait sorti de la poche de son imperméable noir. Sur la couverture du carnet, un prénom était inscrit en lettre rouge sang. *Son* prénom : « HERCULE ». Puis, le sourire aux lèvres, l'homme avait disparu comme il était entré, tel un fantôme.

CHAPITRE 11

Le grand voyage

– Prêt pour le grand voyage, les enfants ?

Rigel venait de rejoindre Iris et Neil sur le quai du RER A à la station Châtelet – Les Halles en direction de La Défense. Le projectionniste n'avait pas eu de mal à repérer ses jeunes compagnons, grâce aux sacs à dos kaki qu'il leur avait confiés la veille. Les deux collégiens n'avaient pas fait long feu en cette soirée du samedi. Ils étaient épuisés par ce qu'ils venaient de vivre les jours précédents et savaient qu'il leur faudrait être en forme pour affronter ce dimanche.

Il était 7 h 15 du matin. Les trois acolytes ne décollaient pas les yeux du tableau d'affichage qui annonçait le prochain train à l'approche, ainsi que ceux à venir, d'une écriture jaune dégoulinante sur fond bleu. Et, justement, le train d'Iris venait d'apparaître à l'écran.

C'était elle qui allait embarquer en premier dans le RER de 7 h 29.

– N'oubliez pas que celui d'entre nous qui disparaîtra n'aura certainement aucun moyen de prévenir les autres, chuchota Rigel. Je doute qu'on capte un quelconque signal dans leur satané réseau souterrain…

Ils laissèrent passer encore deux RER. Il s'agissait des nouvelles rames presque neuves à huit voitures et à deux étages. De vrais mastodontes !

7 h 27.

– Le prochain est pour toi, dit Neil à Iris.

Le jeune garçon hésita un instant, puis se décida à passer une main dans le dos de la jeune fille.

– Fais attention à toi, souffla-t-il.

Un courant d'air chaud leur gifla alors le visage tandis que le train entrait en gare.

Rigel se mordit la lèvre lorsqu'Iris se désolidarisa du groupe pour s'avancer sur le bout du quai, devant les portes qui s'ouvraient.

La collégienne monta à bord, et trouva une place assise près de la vitre, dans la salle basse de la voiture. Elle ne quittait pas des yeux Neil et Rigel, qui la regardaient aussi depuis le quai.

– Votre attention, s'il vous plaît ! annonça une voix aux accents métalliques. Ce train a pour destination Saint-Germain-en-Laye. Il desservira toutes les gares de Châtelet – Les Halles jusqu'à Rueil-Malmaison. Merci de votre attention.

Une sonnerie stridente se fit entendre, et les portes du train se refermèrent dans un claquement simultané.

– Le prochain est pour moi, souffla Rigel.

Le train du projectionniste ne tarda pas à entrer en gare, tous phares allumés. Dans un geste qu'il ne voulut pas théâtral, mais qui le fut tout de même un peu, Rigel donna une accolade à Neil. Il monta dans le train, son sac à dos sur le ventre. Lui préféra rester debout à l'entrée de la voiture, en compagnie de plusieurs autres hommes tous dissimulés derrière les grandes pages de leurs journaux.

Le message du conducteur fut, cette fois, bien plus laconique.

– Ce train a pour destination Poissy.

Les portes se fermèrent tandis que des ampoules jaunes clignotaient toujours sur la carlingue pour signaler son départ imminent.

TYPO

Neil resta seul sur le quai. Le tunnel venait de happer ses deux amis. Bientôt, il leur emboîterait le pas. Cela faisait déjà cinq minutes qu'Iris avait embarqué à bord de son RER. Neil scruta son téléphone, la jeune fille n'avait envoyé aucun message.

Enfin, son train arriva. Le garçon prit place à bord dans un état presque second. Il n'entendit rien de l'annonce. Il concentra toute son attention sur les secondes suivantes, il avait hâte de plonger à son tour dans ce tunnel qui finirait bien par révéler ses secrets.

Émergerait-il à la station suivante ?

Le RER s'élança progressivement. Il prit de la vitesse, et bientôt les murs noirs du tunnel remplacèrent les néons blanchis de la station.

ZOLI - Train de 7h29

Iris ne remarqua rien de particulier lorsque le RER quitta la station Châtelet

– Les Halles. Autour d'elle, les passagers, peu nombreux, étaient plongés dans un journal ou dans un livre. D'autres écoutaient de la musique. La plupart avaient les yeux fermés. Le cœur de la collégienne s'accéléra lorsque le train ralentit une petite minute après son départ... Mais il repartit de plus belle et arriva sans encombre à la station Auber à 7 h 33 très précisément. Elle descendit à quai sans savoir réellement si elle souhaitait être rejointe par les autres. Ce qui signifierait que l'enquête n'allait pas avancer d'un pouce.

TYPO - Train de 7h31

Tout se passait normalement pour Rigel jusqu'à ce qu'il sente les premières vibrations Il lui sembla que le train empruntait aiguillage sur aiguillage, passait de rails en rails, sans ralentir ni se soucier des passagers qui se trouvaient dans les voitures. Il y eut des cris, d'ailleurs. L'homme qui lui faisait face, accroché seulement aux pages de son quotidien, fut projeté en arrière et se cogna violemment la tête contre une barre d'appui.

– Mais on va où, là ? demandèrent les habitués. On devrait ralentir à l'approche d'Auber…

Rigel serra encore plus fort son sac à dos contre lui. Plus de doute à présent, il avait visé juste. C'était son train qui allait disparaître, le septième RER détourné, sept jours très précisément après le premier.

Le train ne ralentissait toujours pas. Il accélérait même. Il y eut un tremblement intense sous ses pieds, un tremblement de terre.

– Au secours ! hurla une femme en se cramponnant à son siège, le visage aussi vert qu'une reine-claude.

Rigel, comme tous les autres passagers du train, ne vit jamais la station Auber.

XTAZ - Train de 7 h 34

Neil se concentra sur les petites lampes de secours disposées le long du tunnel qui passaient à vive allure devant ses yeux. Il se mit à les compter, guettant le moment où son compte s'arrêterait, ce qui signifierait qu'il entrerait en zone inconnue. Neil compta, compta, sans s'arrêter. Et lorsqu'il le fit, ce fut pour découvrir à travers la vitre sale du RER le visage d'Iris, à quai, qui semblait lui dire quelque chose à propos de Rigel. Mais il n'entendit rien. Aussi dirigea-t-il son regard vers l'écran que désignait Iris.

Il constata que le train qui le précédait, celui de 7 h 31, était marqué comme « supprimé ». Neil ne put retenir un frisson d'effroi.

CHAPITRE 12

La station fantôme

Enfin, le RER de Rigel ralentit, puis s'arrêta dans un violent coup de frein.

Où ce train de malheur l'avait-il donc emmené ?

Rigel se dirigea vers les portes. À travers les fenêtres recouvertes de poussière, il distingua les murs d'une immense caverne, des pierres abruptes et suintantes, des rocailles enchevêtrées dont on ne pouvait apercevoir le sommet.

Puis les portes s'ouvrirent, et tous les passagers bousculèrent Rigel pour sortir. Ce fut un beau désordre, et les

premiers à descendre furent les premiers à chuter et à se faire marcher dessus par les suivants…

Enfin, Rigel sortit paisiblement de la voiture. Il avait eu le temps d'habituer ses yeux à la pénombre de cette gare souterraine. Le quai étroit, fait de graviers, s'étendait sur tout le long du train. Il régnait dans cet endroit une drôle d'odeur de moisissure. Rigel était certain de se trouver dans une station fantôme, une ancienne station de métro qui n'était plus utilisée, mais que personne n'avait jamais détruite pour autant. Il en existait plusieurs dans Paris, certaines servaient aux tournages de films, d'autres étaient complètement laissées à l'abandon. L'auteur des détournements de RER avait dû mettre au point un système qui lui permettait de sortir les trains de la voie principale pour les faire s'engouffrer vers la station fantôme où il se trouvait à présent. Et puisque la police n'avait rien trouvé, c'était sûrement qu'il existait un mécanisme pour cacher la voie secrète, comme un mur coulissant, par exemple.

– Où sommes-nous ? hurla un homme près de Rigel.

– J'exige des explications ! cria un autre usager.

La révolte grondait, et rien ne se passait.

Rigel chercha à se représenter physiquement le fou à l'origine de tout cela. Mais avant qu'il n'ait pu imaginer quoi que ce soit, une sensation inédite l'envahit.

– Du… gaz… parvint-il à balbutier.

Et, en effet, un gaz d'une étrange teinte violette sortait depuis plusieurs endroits de la rocaille et vint baigner le groupe d'environ mille usagers présents sur le quai.

Tout comme ceux qui l'entouraient, Rigel ne perdit pas connaissance, mais il n'arrivait plus à penser. Il se retrouvait prisonnier de son propre corps.

– Avancez tous vers l'avant du train ! tonna une voix caverneuse.

Et Rigel, comme ses compagnons d'infortune, avança alors, puisqu'il ne pouvait pas faire autrement.

Il voulut se rebeller, mais il lui était impossible d'esquisser le moindre geste.

– Vous allez entrer un à un dans la pièce suivante. Cela va prendre du temps. Attendez patiemment votre tour !

Le corps de Rigel ne put avancer davantage, et il s'arrêta donc, collé à son voisin de devant, un jeune homme à l'air un peu idiot qui avait gardé son casque sur les oreilles. Son regard était vide de toute expression.

« Comme doit l'être le mien » songea le projectionniste.

Ce fut sa dernière pensée.

Un gaz, jaune cette fois, emplit la caverne en quelques secondes, et Rigel ne pensa plus.

CHAPITRE 13

Rencontre avec Hercule

Petit à petit, Rigel reprenait ses esprits. Il essayait cependant de conserver un air hagard, pour ne pas se faire repérer.

Le projectionniste avait assisté plusieurs fois à la même scène : un passager du RER reprenait conscience, il réclamait des explications, commençait à s'énerver, et, finalement, deux hommes vêtus de combinaisons blanches s'emparaient fermement de lui pour vider une seringue entière de barbiturique dans son corps.

Rigel baissa la tête pour regarder sa montre, l'air de rien. Il était déjà

dix-sept heures ! Pour lui, cinq minutes seulement s'étaient écoulées depuis son arrivée dans la caverne !

Ce fut alors son tour d'entrer dans la pièce exiguë où défilaient les passagers du RER depuis le tout début de la matinée.

Il fut reçu par un homme en blanc, assis derrière une table. On ne voyait rien de lui. Pas un centimètre de peau ne dépassait de sa combinaison.

– Nom, prénom, profession ? demanda l'homme.

Rigel les déclina sur un ton monotone.

– Niveau d'études ?

Le projectionniste s'attendait à cette question.

– Agrégation de ja…

L'autre le coupa d'un geste.

– C'est bon. Porte de droite.

Rigel garda un air neutre et se dirigea vers la sortie indiquée par l'examinateur.

– Suivant ! lança le type derrière lui.

Rigel entra alors dans la troisième pièce du souterrain qu'il visitait depuis son arrivée. Celle-ci était immense. Comme la première, elle semblait taillée à même la roche et la température y était plutôt clémente, même s'il y régnait une grande humidité. Des hommes et des femmes se trouvaient là, debout, immobiles, les uns à côté des autres comme lors d'un défilé militaire. Cette vision glaça le sang du projectionniste qui conserva – quoiqu'avec une difficulté croissante – une expression neutre.

– Numéro deux cent douze, dit une voix métallique lorsque Rigel pénétra plus avant dans la caverne.

Ce devait être son matricule. Des numéros se trouvaient marqués au sol, sur un dessin de contours de chaussures. Probablement le nouvel endroit où ils devraient patienter.

Patienter pour quoi faire ? Et pour aller où ?

« Patience, mon petit Rigel » se dit-il en lui-même.

À une dizaine de mètres de lui, une femme se réveilla subitement et fit un pas en avant.

– Je veux rentrer chez moi, hurla-t-elle.

Aussitôt, un homme en blanc la ceintura tandis qu'un autre lui plantait une aiguille grosse comme la mine d'un stylo-bille dans le bras.

« Garde ton calme, mon petit Rigel… Pas de geste d'énervement, pas de geste brusque… Ta survie en dépend. »

Il patienta donc, et cette attente tourna vite au supplice car se tenir debout de manière prolongée le fatiguait. Ses genoux se mirent subitement à trembler, et il eut peur que cette faiblesse le trahisse.

Mais aucun des gardes de faction ne le remarqua. Tous portaient leur attention sur un homme vêtu d'une simple blouse blanche, et dont la tête était découverte. Ils le regardaient descendre d'un ascenseur installé à même la paroi rocheuse, que Rigel n'avait pas remarqué jusque-là. Le projectionniste ne parvenait pas, à cette distance, à détailler le visage du nouvel arrivant. L'homme n'était pas très grand, quoiqu'un tantinet plus que lui, et lui aussi était chauve. Il devait être très important car les gardes, tous

les gardes, sans la moindre exception, s'inclinaient sur son passage.

S'agissait-il du fameux Hercule dont Alcide lui avait parlé ? Rigel redevint statue. Si seulement il pouvait s'approcher afin de discerner son visage… Mais rien n'y faisait. L'homme à la blouse blanche serpentait autour de ses prisonniers, s'arrêtant parfois pour inspecter l'un d'eux de plus près, mais il y avait toujours une ombre pour empêcher Rigel de voir son visage.

C'est alors qu'un claquement de porte métallique vint interrompre l'inspection du grand chef.

– Le comptage des usagers est terminé, Professeur, lança à voix haute l'homme chargé des interrogatoires.

Le professeur rejoignit son lieutenant mais, une fois encore, Rigel joua de malchance puisqu'il ne vit rien d'autre que son dos et l'arrière de son crâne chauve.

– Le tri s'est effectué sans la moindre anicroche, et les sept trains sont prêts à rejoindre le chantier final ! compléta le lieutenant de sa voix de stentor.

– C'est parfait… lâcha son supérieur.

Et ces mots se perdirent dans un infâme gargouillis.

– C'est parfait… répéta le professeur, en se tournant enfin vers les passagers, cette armée qu'il allait utiliser pour mener à bien son incroyable dessein.

Et Rigel vit enfin son visage.

Mais pouvait-on vraiment appeler ça un visage ?

Une cicatrice effroyable le barrait en son centre. Un trou béant avait remplacé le nez, et les lèvres n'étaient plus qu'un tissu rougeâtre.

Jamais Rigel n'avait vu de faciès aussi abject, même dans le plus terrifiant des films qu'il avait projetés.

Jamais un maquilleur de cinéma, même talentueux, n'aurait eu l'imagination de concevoir un masque d'une telle monstruosité.

Rigel dut se contrôler pour ne pas flancher à la vision de ce visage, pour ne pas même frissonner tandis qu'une coulée de sueur glacée parcourait le long de sa colonne vertébrale.

– C'est parfait ! gargouilla de nouveau le professeur. Je vais enfin accomplir mon destin… Le professeur Hercule va enfin accomplir son destin ! Le premier de mes douze travaux ! L'opération Hydrax va pouvoir commencer !

CHAPITRE 14

Il nous faut un plan !

Il faisait nuit noire. Iris et Neil étaient réunis dans l'appartement d'Alcide. Tous les trois étaient extrêmement inquiets. Rigel avait disparu depuis le matin, avec tous les autres passagers du septième RER. C'était le propriétaire du cinéma en personne qui, en dépit de sa jambe douloureuse, avait changé les bobines pour les séances du dimanche après-midi.

– Sept, répétait Alcide, sept… Les disparitions touchent à leur fin. Sept ! Vous savez ce que signifie ce nombre pour un homme qui se prénomme Hercule ?

– Douze, oui, répondit Neil, comme les douze travaux que le héros a accomplis, mais sept, non, je ne devine pas…

– Les sept têtes de l'hydre de Lerne ! s'exclama Iris.

– Je ne sais pas si vous imaginez ces disparitions comme je les imagine, mais les trains peuvent faire penser à des serpents : des têtes d'hydre, longues et flexibles, confirma Alcide.

Cela ne fit qu'ajouter à leur inquiétude.

– Alors, qu'est-ce qu'on fait ? demanda Neil.

Alcide haussa les épaules.

– On ne peut qu'attendre, et espérer que Rigel nous revienne bientôt sain et sauf.

Iris se leva.

– On ne peut pas rester les bras croisés à ne rien faire ! Il faut tenter quelque chose !

– Mais quoi ? demanda Neil.

– Nous ne sommes pas de taille contre Hercule, dit Alcide. Le vaincre ne sera pas aussi simple que trouver la solution à l'énigme du frelon de sable. L'ennemi est plus coriace, bien plus coriace…

Les deux collégiens soupirèrent.

– Je ne t'ai jamais connu aussi défaitiste, commenta Iris. Je suis sûre que si papa était là, il tenterait quelque chose… mais quoi ?

Alcide se gratta le menton, l'air perdu.

– En effet, peut-être que ton père, aurait su déjouer les plans d'Hercule, Iris. Il était si intelligent !

Neil et Iris avaient collé leurs visages contre la vitre de la petite mansarde de l'appartement d'Alcide. Depuis cet endroit de la Butte aux Cailles, ils avaient une vue panoramique sur les toits de Paris, la Seine, la tour Eiffel, la tour Montparnasse, Notre-Dame…

Pourtant, ce ne furent pas les célèbres monuments qui attirèrent leur attention. Plutôt un bruit sourd, comme un grondement, au loin. Soudain, ils virent

un gros nuage s'élever au-dessus du quartier des Halles, un gros nuage de poussière !

– Le chantier de la rue aux Ours ! s'exclama Iris.

– Sûrement ! confirma Neil.

Alcide les rejoignit péniblement et s'écria :

– Hercule ! C'est lui ! Restez ici, les enfants !

Mais les deux collégiens avaient déjà enfilé leurs anoraks et dévalaient à présent les escaliers à toute vitesse.

Puis ils s'engouffrèrent à vive allure dans la nuit.

CHAPITRE 15

L'opération Hydrax

Dans les tréfonds de Paris, à près de cinq cents mètres de profondeur, plus de deux mille personnes, de tous âges, et toutes titulaires d'un diplôme d'études supérieures d'au moins cinq années après le baccalauréat, montèrent à bord des RER subtilisés à la RATP dans la semaine précédente. Les sept trains étaient alignés côte à côte, sur sept voies différentes, prêts à partir à la même seconde.

Rigel, bien évidemment, faisait partie des passagers.

Et il embarqua en tête du RER n° 3, comme on le lui ordonna.

Rigel pensait : « De quel côté vont-ils nous conduire à présent ? Et dans quel but ? À moins que nous empruntions une ligne secrète et qui ne nous mène... nulle part ! »

On sangla les passagers sur les sièges de la rame, en leur passant une ceinture autour du ventre, mais aussi un harnais autour du buste. Puis on les équipa chacun d'un casque qui ressemblait à s'y méprendre à un casque de moto. À l'intérieur, en lieu et place de la mousse habituelle, se trouvaient des espèces d'électrodes qui allaient donc reposer à même leur boîte crânienne.

« Pourquoi un casque ? » se demanda Rigel. Son cerveau turbinait à trente millions de neurones par seconde. « Ils veulent nous bringuebaler partout, nous faire prendre de la vitesse, nous envoyer nous fracasser contre un monument ? Non, non, s'ils voulaient faire de nous de la chair à saucisse, ils ne nous auraient pas donné de casque ! Il s'en moquerait bien, le professeur Hercule, de nous envoyer à la mort. Réfléchis, mon grand, réfléchis… Et trouve à quoi pourrait bien correspondre l'opération Hydrax. »

Enfin, le RER n° 3 partit, comme les six autres. Il roula tout d'abord à petite vitesse, avant d'accélérer, puis de ralentir de nouveau. Ce fut un trajet plutôt tranquille, effectué dans l'obscurité la plus totale : les éclairages intérieurs des voitures n'avaient pas été allumés, et le tunnel emprunté ne comportait aucun néon.

Il sembla à Rigel que les trains montaient à présent, certainement vers la surface. Dans le même temps, un nouveau gaz parfumé à l'orange fut diffusé à l'intérieur des voitures et eut pour effet de faire reprendre conscience à tous les occupants.

Mais où Hercule voulait-il en venir ?

Rigel transpirait à grosses gouttes sous son casque. Il faisait une chaleur insupportable dans la voiture.

Enfin, le train s'arrêta.

Et toujours ce noir total, cette épaisse obscurité.

Rigel entendit des pleurs, des cris. Des hommes et des femmes se tortillaient sur leurs sièges pour tenter de s'échapper, mais les harnais avaient certainement été choisis pour leur solidité sans faille.

Un choc à l'arrière du troisième train le secoua soudain tout entier.

C'est alors que commença pour Rigel ce qu'il considéra sur le coup comme le pire moment de son existence.

Le train fut ballotté dans tous les sens, à droite, à gauche, en bas, en haut, tel un serpent devenu fou.

Au bout de dix secondes à peine, Rigel n'en pouvait déjà plus.

« Ce fou nous a installés sur des montagnes russes, ma parole ! Sur un des manèges débiles de ces fêtes foraines ! »

Et toujours, ce noir. Ce noir qui les plongeait encore plus dans la peur. Qui entretenait leur angoisse, qui les empêchait d'en sortir…

Enfin, la lumière apparu.

Tout d'abord un mince filament, qui s'élargit jusqu'à former une bande. C'était un peu comme si on ouvrait une porte immense devant le RER en furie totale. Rigel, par la fenêtre, vit alors que les six autres trains suivaient eux aussi cette danse insensée. Mais à quoi étaient-ils donc reliés ?

Ses yeux, pourtant habitués à la pénombre désormais, ne lui permirent pas encore de distinguer ce qui était en contrebas. Et puis tout bougeait trop vite, bien trop vite…

Rigel n'en pouvait plus, comme tous les autres passagers d'ailleurs. Il ne

supportait plus ce tournis incessant, cette chaleur atroce, ce casque qui lui prenait toute son énergie… Rigel avait peur. Peur que tout cela finisse mal. Peur d'y rester et de ne jamais plus pouvoir frissonner avec délice devant l'un des films du Bistritz !

Oh, cela ne l'avait pas empêché de tout comprendre, à présent ! À commencer par ce nom, Hydrax, comme l'hydre de Lerne, ce monstre de la mythologie grecque qu'Hercule parvint à vaincre en tranchant chacune de ses sept têtes tout en cautérisant les plaies à l'aide d'une torche afin qu'elles ne repoussent pas les unes après les autres !

Rigel avait compris entre deux nausées, deux retournements d'estomac, pourquoi ce savant fou de professeur Hercule avait fait monter à bord plus de deux mille personnes, les logeant dans les têtes du monstre d'acier... Pour lui fournir de l'énergie, bien entendu ! C'étaient eux qui faisaient avancer le robot aussi sûrement dans les rues de Paris. Nul besoin de les faire pédaler comme au temps jadis ! Il suffisait de canaliser leur... peur ! Leur effroi ! Rigel avait lu des tas d'articles à ce sujet, lui que la peur, justement, fascinait depuis l'enfance. Le casque qu'ils portaient tous sur le crâne captait les ondes d'angoisse qu'ils émettaient, et un convertisseur expérimental devait transformer ces ondes en énergie capable de faire se mouvoir le robot !

Plusieurs recherches expérimentales avaient déjà eu lieu dans une demi-douzaine d'universités à travers le monde, de Los Angeles à Tokyo, en passant par Berlin, Prague et Bombay.

Voilà, Rigel était parvenu à percer le mystère du robot. Du moins le croyait-il… Mais pourrait-il un jour descendre de cet engin de malheur afin de partager le fruit de ses découvertes avec ses deux amis, Neil et Iris ?

CHAPITRE 16

Il faut sauver Paris !

Le taxi déposa Iris et Neil près de Notre-Dame. Il ne voulut pas aller plus loin, ou plutôt plus près de ce grondement et de ce nuage de poussière qui montait depuis le quartier des Halles.

Pour faire le reste du trajet à pied, dans un Paris déserté, Iris et Neil se prirent la main.

Et ce qu'ils découvrirent en se rapprochant du chantier, lorsque leurs yeux leur permirent de voir à travers le nuage de poussière, les stupéfia et les terrorisa à la fois.

Une vision cauchemardesque.

Celle d'une machine immense, d'une impressionnante laideur, qui ne mesurait qu'une cinquantaine de mètres lorsqu'elle n'était pas encore animée. Elle se déplia, tel un accordéon, pour atteindre les deux cents mètres de hauteur.

Un robot ! Un robot qui venait de s'extraire du chantier ! Un robot semblable à l'hydre de Lerne !

Et les deux aventuriers de l'étrange comprirent immédiatement de quoi cet engin de malheur était construit. Son buste d'acier était renforcé par de nombreuses tubulures. Ses jambes et ses bras à l'armature de fer avaient été consolidés grâce à des marches d'escaliers mécaniques. Mais ce qui paraissait le plus hideux sur ce robot était bien sa tête, ou plutôt ses sept têtes, constituées des sept RER dérobés et assemblés en un seul et unique point d'attache situé tout en haut du buste. Les trains, qui mesuraient près de la moitié de la hauteur totale du robot, se projetaient en tous sens, sans s'arrêter. On s'aperçut alors que les RER étaient remplis d'hommes et de femmes.

Rigel se trouvait parmi eux.

Le robot se mit alors en marche dans un affreux grincement mécanique. Au loin, Iris et Neil entendirent aussi des sirènes de pompiers et de police.

– Tu vois le tuyau vert très fin, là, tout en bas de l'appareil, sur sa jambe droite, celui qui renforce son… mollet ? demanda Iris.

À cet instant, une des têtes siffla quelques mètres au-dessus d'eux !

Neil approuva.

– On peut s'y accrocher, cria la jeune fille. Sinon il va s'enfuir, et on ne le rattrapera jamais. Mais si on doit se décider… c'est maintenant !

Pour ce qui la concernait, elle avait déjà pris sa décision, car elle sauta sur la première tubulure qui formait le « pied droit », puis trouva la force de se hisser plus haut encore, après le tube vert.

Neil l'imita tout en criant :

– Comment on va l'arrêter ?

Le robot, lui, ne se posait pas de question. Il commença sa longue marche triomphale dans Paris. Chacun de ses pas, qui devait lui faire parcourir cent cinquante mètres au bas mot, faisait trembler les bâtiments alentour. Il semblait avoir été programmé dans un seul et unique but, et suivait un chemin tracé à l'avance, qui défonçait les chaussées et les trottoirs, mais qui épargnait sciemment les immeubles d'habitations et les lieux de rassemblement.

Hydrax n'avait pas été conçu pour blesser. Simplement pour effrayer la population. Et sur ce point, le pari était réussi au-delà de toutes les espérances.

Neil et Iris se trouvaient dans un creux du tube, dans un petit refuge de fortune qui leur permettait au moins de ne pas risquer de tomber. Hydrax laissait derrière lui un chaos et une panique intense. Les passants hurlaient et couraient dans tous les sens.

Ce n'est qu'une fois arrivé devant la pyramide du musée du Louvre, que le robot la dépassa sans même qu'une seule de ses sept têtes lui jette le moindre regard, que les deux collégiens comprirent l'unique objectif de cette traversée de Paris complètement dingue : la tour Eiffel. L'hydre, qui dépassait pourtant la Dame de Fer de plus de cent mètres, voulait se confronter à elle. Faire trembler la tour Eiffel ! La détruire même ! Quel symbole ! Quelle première victoire pour le savant fou Hercule qui détestait Paris !

Au sol, des dizaines de voitures de police et de camions de pompiers suivaient l'engin. Dans les airs, trois avions de chasse de l'armée sillonnaient le ciel à sa suite, impuissants. Ils savaient qu'un robot abattu par un missile se fracasserait contre plusieurs immeubles, faisant de nombreuses victimes. Ce n'était pas une solution.

Le cerveau des deux collégiens fonctionnait à toute allure pour trouver un moyen d'arrêter l'engin avant qu'il ne déracine la tour Eiffel. Mais n'avaient-ils pas été trop présomptueux, tout de même, en se jetant sur une des jambes du robot ? En s'estimant assez forts pour accomplir ce travail herculéen ? Qu'avaient-ils à leur disposition, à part leurs pieds et leurs poings, pour arrêter le monstre d'acier ?

Iris portait bien le sac à dos kaki que leur avait confié Rigel samedi soir. Il contenait une lampe frontale, une boussole, un couteau et un petit chalumeau. Iris sortit le chalumeau du sac, mais

Neil balaya sa proposition d'un geste de la main.

– Tu veux t'attaquer aux soudures du pied avec ce truc qui ne parviendrait même pas à nous faire cuire un œuf sur le plat ?

Le robot effectua un écart sur sa droite au moment de s'engager sur l'esplanade des Invalides. Les deux passagers clandestins durent s'agripper aux parois de la tubulure pour ne pas chuter de plus de vingt mètres sur le bitume défoncé.

La tour Eiffel se dressait droit devant, à moins d'un kilomètre, dix pas à peine pour Hydrax dont les sept têtes s'agitaient de plus en plus furieusement. Dans le ciel dépourvu de lune, trois nouveaux avions de chasse avaient rejoint la patrouille qui suivait le robot depuis son entrée dans la capitale.

– Reste l'ampoule d'acide chlorhydrique… souffla Iris sans la moindre conviction.

– Attends ! cria Neil, en claquant des doigts. Oui, l'acide !

– Explique vite ! demanda Iris.

– Laisse-moi encore réfléchir un instant…

Neil réfléchissait à toute allure. Il fallait trouver le meilleur endroit possible où jeter l'acide pour immobiliser le monstre d'acier.

– Ouais, un instant, hein, mais vite aussi… Parce que là, notre ami le robot est en train de soulever de grosses mottes sur la pelouse des Invalides !

Iris regarda droit devant elle et ne put réprimer un frisson.

– Impact prévu dans une vingtaine de secondes à peine ! D'ailleurs, il est en train d'ouvrir ses bras !

La concentration de Neil était si intense qu'il tremblait de tous ses membres.

– L'acide est corrosif sur l'acier, souffla Iris, mais la capsule de Rigel doit en contenir cinq centilitres à peine, alors je doute qu'on puisse faire fondre le robot avec ça…

– Il ne s'agit pas de faire fondre une des parties du corps du robot, dit Neil, mais de le renverser à un endroit crucial pour lui, sur le mécanisme de rotation des têtes par exemple, tout en haut de son tronc, où sont reliés les sept trains…

Iris ne put retenir un sourire de dépit.

– Ah, oui, bonne idée ! Mais est-ce que tu peux m'expliquer comment on s'y prend pour parvenir tout en haut du robot et escalader quatre-vingt-dix mètres ?

À peine avait-elle prononcé cette phrase qu'elle eut une illumination.

On y était ! Le robot s'était collé à la tour Eiffel. Et, comme prévu, il allait refermer ses bras pour faire trembler, déraciner, détruire le splendide monument !

C'est alors qu'Iris prit son élan et sauta sur le balcon du premier étage de la tour Eiffel. Un saut de plusieurs mètres qu'elle réussit parfaitement.

– Iris ! cria Neil.

Mais la courageuse collégienne devait faire vite, très vite. Elle emprunta à toute allure les escaliers qui menaient au deuxième étage. Le monument tremblait, prêt à s'effondrer, tandis que le robot resserrait ses bras sur sa structure.

Au deuxième étage, Iris se retrouva, comme prévu, en face des têtes virevoltantes de la machine, en face des sept RER, en face de Rigel.

Alors elle visa au plus juste, au centre des sept têtes de l'hydre mécanique. Elle n'avait le droit qu'à un essai, à une seule capsule d'acide chlorhydrique.

La capsule vola dans les airs…

CHAPITRE 17

Mission accomplie !

La capsule d'acide atterrit sur un petit boîtier, orné d'un triangle rouge avec un point d'exclamation en son centre.

Le robot tenait maintenant la tour Eiffel à la taille et s'apprêtait à la soulever.

Le contenu de l'ampoule se déversa sur le boîtier et attaqua le couvercle.

« Voilà. Mission accomplie », se dit Iris.

Mais cela suffirait-il ? L'acide allait-il faire effet ?

Rien n'était moins sûr. Il ne se passa d'abord rien. Le robot tenait toujours le monument par la taille et se préparait à le soulever.

C'est alors que les trains, devenus complètement fous, se mirent à tourner sur eux-mêmes à très vive allure. L'un d'eux manqua même de décapiter la tour Eiffel.

Il y eut un fort crépitement électrique depuis l'axe en rotation, qui illumina le ciel de Paris comme l'aurait fait le feu d'artifice du 14 Juillet.

Un long sifflement monta des entrailles du monstre…

Le robot Hydrax ne trouva plus la force de resserrer ses bras autour de la tour Eiffel. Du reste, il ne trouva plus la force de rien. L'acide avait provoqué un court-circuit en profondeur, faisant disjoncter le générateur qui conférait la puissance à la machine.

Le courage d'Iris et l'intelligence de Neil venaient de triompher !

Le robot chancela donc un peu, contournant la Dame de Fer, jetant ses toutes dernières forces dans une fuite

pourtant vaine. Il se mit sur sa tubulure droite, puis sur sa tubulure gauche. Il était en train de perdre l'équilibre tandis que tout là-haut, quatre RER s'étaient enchevêtrés les uns sur les autres. Leur poids fit irrémédiablement basculer l'énorme masse en avant.

Hydrax, privé de toute énergie, termina son existence mécanique dans les eaux sombres de la Seine.

Il coula aussitôt, faisant remonter de grosses bulles multicolores à la surface.

CHAPITRE 18

Retrouvailles au Bistritz

Rigel fut englouti par les flots. Frigorifié, il sortit du fleuve en compagnie de tous les autres passagers. Sur les rives, près du pont d'Iéna, les premiers secours attendaient avec des couvertures chaudes et du café brûlant.

Le projectionniste allait bien, même s'il craignait d'avoir gobé par inadvertance une curieuse larve qui n'avait selon lui rien de parisien. Et qui ressemblait à s'y méprendre à ces amphibiens mexicains qui n'atteignaient jamais l'âge adulte et dont le nom vernaculaire lui échappait pour l'instant.

– Un axolotl ? demanda Iris qui l'avait rejoint avec Neil.

Elle sourit.

– Tout de même, un robot ! se remit aussitôt à pester Rigel. Ah, non ! Mais remettez-moi un monstre d'antan sur le devant de la scène à présent, hein ! Un vampire, un fantôme, un Yéti, un cyclope… Là on peut se battre à armes presque égales… Mais un robot comme Hydrax ! Ras le bol de ce déluge technologique continuel ! Cette époque est usante à la fin !

Une secouriste de la Croix Rouge tendit au rescapé une couverture en laine, dans laquelle il s'enroula avec délice.

Une heure plus tard, Iris, Neil et Rigel retrouvèrent Alcide, au Bistritz, bien heureux lui aussi que les événements

aient pris fin. Il félicita les deux aventuriers de l'étrange, et loua Rigel pour son courage, même s'il le trouvait tout de même un peu inconscient d'avoir emprunté le RER, ce matin.

– Vous vous rendez compte ? Un robot qui se nourrissait de nos peurs, à nous les passagers, et qui arrivait à les convertir en énergie électrique ou je ne sais trop quoi d'autre ? s'exclama Rigel.

– L'hypothèse est intéressante, déclara Neil tout en se grattant le menton. Mais sais-tu alors pourquoi seuls les diplômés de l'enseignement supérieur ont été sélectionnés ?

– Je crois bien, oui ! répondit Rigel. Je n'ai pas eu le temps d'affiner la réponse, parce que je peux vous assurer que ça tournait là-haut… Moi qui n'aime pas ça, j'ai eu le plein de sensations fortes jusqu'à la fin de mes jours… Bref… Pour répondre à ta question, des chercheurs ont mis en évidence un lien entre le niveau d'angoisse éprouvée et l'intelligence. Hercule a sans doute pensé qu'en ne sélectionnant que les personnes au niveau d'études le plus élevé, il sélectionnait aussi les plus angoissées...

– Quel raccourci idiot ! soupira Iris, trop fatiguée pour s'insurger vraiment. C'est pathétique ! Lier l'intelligence au niveau d'étude, il faut être simple d'esprit pour penser ça !

Mais Alcide ne l'entendait pas de cette oreille.

– Malheureusement pour nous, Hercule n'est pas un homme simple d'esprit ! Je crois bien qu'il travaille sur la peur, qu'il cherche à faire peur, c'est son but… Terroriser la population… Comment expliquer sinon, tout ce qui s'est passé ces derniers jours, les tremblements de terre, les disparitions, la construction d'Hydrax, cette tentative de détruire la tour Eiffel, si ce n'est en disant que mon ancien ami a fait tout ça pour faire monter l'angoisse dans Paris ?

Il étreignit de nouveau les deux adolescents.

– Une fois encore, félicitations, Iris et Neil, dit Alcide. Pour votre courage et votre persévérance ! Et cette fois, vous avez été mis sur le devant de la scène ! Je ne serai pas surpris que vous receviez vos premières lettres d'admirateurs dès demain !

Iris en profita pour venir tout près de son parrain Alcide.

– Tu ne veux pas nous raconter, à présent, ce qui s'est passé, entre Hercule et toi ?

Le visage du propriétaire du cinéma se fit grave.

– Je ne sais pas si j'en aurai le courage ce soir… Pourquoi gâcher des moments de joie avec des souvenirs tristes ? Un autre soir, peut-être…

Il marqua une pause.

– Ce que je sais, en revanche, c'est qu'Hercule ne s'arrêtera pas sur un échec… Il lui reste encore onze travaux à accomplir… Qui sait ce qu'il nous réserve ?

CHAPITRE 19

La Crypte des Mystères

Dimanche soir. Et demain, déjà la reprise des cours.

« Vivement les vacances », pensèrent Iris et Neil.

Heureusement, les devoirs étaient déjà faits. Ouf !

Alors, à vingt-deux heures passées, Iris alla chercher Neil chez Mina, qui ne vit pas cette visite d'un très bon œil. Elle accepta quand même que son neveu sorte à nouveau, mais pour quelques minutes seulement, promis !

Ils entrèrent alors tous les deux dans la Crypte des Mystères, cet endroit que le père d'Iris avait gardé secret jusqu'à sa disparition, et auquel on ne pouvait accéder que depuis le sous-sol de la librairie, ou celui du cinéma.

Là, Iris chercha sur les rayonnages la lettre S. Toutes les étiquettes avaient été écrites par son père. L'émotion submergea Iris, à la vue de tous ces dossiers.

Elle se sentait fière d'être venue à bout de ce second mystère, et elle savait que son père aussi aurait été fier d'elle. Elle était heureuse d'avoir résolu sa seconde affaire, d'avoir prouvé que, malgré les apparences, il y avait toujours une explication rationnelle aux événements. Et que, surtout, la plus dangereuse des créatures ne serait jamais un fantôme, un vampire, une sorcière, une goule ou un… frelon. Mais bien un homme.

Elle tendit alors à Neil un dossier d'une vingtaine de pages quadrillées. C'était le récit qu'elle venait d'écrire à propos de leur victoire sur Hydrax.

Elle y avait joint plusieurs articles ainsi que plusieurs photos qu'elle avait trouvés sur des sites internet et qu'elle avait imprimés.

– Je te laisse inscrire le nom du mystère, cette fois, dit Iris. J'ai rangé le dossier du frelon de sable. C'est à toi de ranger celui-ci dans la Crypte des Mystères.

Elle se tut, et ses yeux couleur noisette plongèrent dans les yeux noirs de Neil. À moins que ce ne soit l'inverse.

Ils restèrent ainsi un long moment, comme statufiés. Plus rien ne semblait exister tout autour d'eux.

Ils s'étaient formé leur propre constellation, à deux étoiles seulement.

Alors Neil inscrivit, avec son écriture cette fois :

Le mystère
de la station fantôme

As-tu lu la première aventure d'Iris et de Neil ?

TOME 1

Le mystère du frelon de sable

La légende de l'hydre de Lerne

ARCHIVÉ !

Les 12 travaux d'Hercule

Hercule (ou Héraclès en grec ancien) est l'un des plus célèbres héros de la mythologie. Son premier nom est en fait... Alcide ! Il est considéré comme un demi-dieu, car son père n'est autre que Zeus, le dieu suprême. En revanche, sa mère Alcmène, était une simple mortelle.

Dès l'adolescence, Hercule se passionne pour les aventures et les voyages. Il est célèbre pour ses exploits, et en particulier pour les douze travaux qu'il accomplit. Impossibles à réaliser pour un être humain, ces douze travaux devaient lui permettre de racheter sa faute, après qu'il eut assassiné, dans un terrible accès de folie, son épouse et ses trois fils.

Le deuxième d'entre eux le conduisit dans la région de Lerne, en Grèce, où l'hydre, un monstre au corps de dragon et aux multiples têtes de serpent, terrorisait la population. Son venin était si toxique que l'haleine seule du monstre pouvait empoisonner les mortels !

Hercule affronta la créature et, grâce à une serpe d'or, il en coupa les têtes une à une. Mais elles repoussèrent aussitôt ! Il demanda alors l'aide de son neveu, Iolas, qui se chargea de cautériser les plaies du monstre, en les brûlant au fur et à mesure, afin d'empêcher que ses membres ne repoussent. Au terme d'un long et pénible combat, Hercule se retrouva face à la tête immortelle du monstre. Il la trancha d'un coup surhumain et l'enterra aussitôt, encore sifflante, sous un gros rocher. Il paraît que, aujourd'hui encore, les jours où le vent ne souffle pas trop fort, on entend les sifflements de la bête sous le rocher.

Vénéré pour sa force et son courage, le héros est entré dans le langage courant avec l'adjectif « herculéen ».

Il a aussi sa constellation, la cinquième plus grande de la voûte céleste, présente dans l'hémisphère nord et dessinant les formes du héros allongé.

Si tu souhaites écrire à l'auteur du livre,

n'hésite pas !

Bertrandpuard.auteur@gmail.com

TABLE

No
PETROL HITS
A GALLON